21 Mai 1883.

VENTE

Du Lundi 21 Mai 1883

HOTEL DROUOT, SALLE N° 1

MOBILIER ARTISTIQUE

OBJETS D'ART

TAPISSERIES — TENTURES

APPARTENANT A Mme ALICE R***

EXPOSITIONS :

Particulière, le Dimanche 20 Mai 1883, de 1 h. à 5 h.
Publique, le Jour de la vente, de midi à 2 heures.

COMMISSAIRE-PRISEUR	EXPERT
Me Léon **TUAL**	M. Charles **MANNHEIM**
39, rue de la Victoire.	7, rue Saint-Georges, 7.

IMPRIMERIE DE L'ART

CATALOGUE

D'UN

MOBILIER ARTISTIQUE

OBJETS D'ART

Bijoux — Orfèvrerie — Porcelaines de Saxe, de Sèvres et de Chine
Sculptures en marbre
Bronzes d'ameublement — Bronzes d'art — Bronzes de l'Orient
Beaux meubles de chambre à coucher en bois sculpté
couverts de belle étoffe de soie
Meubles de salle à manger en bois sculpté — Torchères et colonnes
en bois sculpté
Beaux sièges couverts d'étoffes anciennes

TAPISSERIES — TENTURES

Le tout appartenant à Mme ALICE R***

ET DONT LA VENTE AURA LIEU

HOTEL DROUOT, SALLE N° 1

Le Lundi 21 Mai 1883, à 2 heures

Par le Ministère de Me L. TUAL, commissaire-priseur,
39, rue de la Victoire, 39

Assisté de M. CH. MANNHEIM, expert, 7, rue Saint-Georges.

EXPOSITIONS

PARTICULIÈRE	PUBLIQUE
Le Dimanche 20 Mai 1883	Le Jour de la Vente
De 1 heure à 5 heures	De midi à 2 heures

CONDITIONS DE LA VENTE

Elle sera faite au comptant.

Les adjudicataires payeront *cinq pour cent* en sus des enchères.

L'exposition mettant le public à même de se rendre compte de l'état des objets, il ne sera admis aucune réclamation une fois l'adjudication prononcée.

Paris. — IMPRIMERIE DE L'ART, J ROUAM, 41, rue de la Victoire.

DÉSIGNATION DES OBJETS

BIJOUX

1 — Miroir à main de forme ovale avec monture en or guilloché et ciselé, entouré de festons de fleurs, surmonté d'un ruban et à manche cannelé. Il porte au revers dans un médaillon ovale le chiffre A. R.

2 — Petit miroir de poche, monté dans un étui ovale en or guilloché et ciselé, portant sur une de ses faces le chiffre A. R. rapporté en relief. Le poussoir est formé d'un brillant.

3 — Étui à cigarettes de forme ovale, de même travail que la pièce qui précède. Le poussoir est également formé d'un briilant.

4 — Flacon de poche en cristal taillé, avec bouchon de style Louis XVI, en or ciselé.

5 — Petite boîte ovale en cristal taillé, montée à
gorge à charnière, de style Louis XVI, en or
ciselé.

6 — Coupe ronde en agate orientale, à couvercle,
garnie d'une monture en argent doré, enri-
chie de pierreries. Le pied est formé d'une
figurine d'homme debout, en argent doré en
partie dont le corps est formé d'une perle
baroque.

7 — Flacon de gant en forme de vase, en cristal
gravé, avec monture de style Louis XVI, en
or de couleur ciselé.

8 — Deux drageoirs en argent, l'un d'eux orné de
deux plaques de nacre. XVIIIe siècle.

9 — Bonbonnière ronde en cristal montée en or.
Le dessus est orné d'un bouquet de fleurs
exécuté en filigrane d'or et monté sous
verre.

10 — Boîte oblongue en émail de Saxe, décorée de
myosotis sur fond blanc.

11 — Couteau pliant à double lame et manche en
poudre d'écaille, garni en or.

12 — Cassolette en lapis montée en argent et pierreries.

13 — Agrafe de manteau en argent doré, travaillée au grenetis.

14 — Bonbonnière ronde en ancienne porcelaine de Saxe, décorée de cordons de myosotis et ornée sur le couvercle d'une miniature sur ivoire, représentant un portrait de femme de trois quarts à droite et vêtue de blanc.

15 — Étui ovale en émail de Battersea, à fond rose, et médaillons de personnages peints en couleurs.

16 — Épingle de coiffure en filigrane d'argent doré.

17 à 20 — Quatorze éventails anciens et modernes, ornés de feuilles peintes et de dentelles. Ce lot sera divisé.

21 — Flacon formant boîte en émail, décoré de sujets dans le goût de Watteau et monté en argent doré. Travail moderne.

22 — Petit éventail en ivoire sculpté et découpé à jour, enrichi de peintures.

22 *bis*. — Une ceinture en or avec plaque chiffrée.

ORFÈVRERIE

23 — Deux grands candélabres à sept lumières, modèle rocaille en argent repoussé et ciselé.

24 — Deux petits flambeaux en argent, à tiges formées de branchages enroulés et de feuillages.

25 — Service à thé et à café en argent, composé d'une théière, d'une cafetière, d'un sucrier et d'un pot à crème à panse sphérique traversée par une bande d'ornements. Travail de Tiffany et Cie.

26 — Grande cafetière en argent à panse godronnée.

27 — Deux légumiers en argent avec couvercles surmontés d'une grenade.

28 — Deux bouts de table en argent, ornés de figurines.

29 — Moulin à poivre en argent, surmonté de deux figurines d'amours.

3o — Six tasses avec soucoupes en vermeil; l'anse
est surmontée d'une tête de chérubin.

3t — Petite boîte carrée en filigrane d'argent.

3₂ — Porte-cure-dents, orné de deux oiseaux.

33 — Théière en métal argenté placée entre trois
branches liées ensemble avec réchaud au
centre.

34 — Ménagère en métal argenté et cristal.

35 — Grand plateau ovale en métal argenté et
gravé.

PORCELAINES DE SAXE & AUTRES

36 — Deux petits vases en vieux Saxe, modèle
rocaille à médaillons sujets Watteau et fleurs.
Ils sont montés en candélabres à trois
lumières.

37 — Deux petits paniers à jetons en ancienne porcelaine d'Allemagne, découpés à jour. Ils
sont accompagnés d'un certain nombre de
jetons également en porcelaine.

38 — Tasse de forme arrondie en ancienne porcelaine de Sèvres, pâte tendre décorée d'un
groupe de fruits dans un paysage. La sou-
coupe en pâte dure est décorée d'une
marine.

39 — Écritoire formée d'un tonnelet ouvrant posé sur
une brouette en cuivre doré que porte un
petit personnage en ancienne porcelaine de
Saxe.

40 — Tasse trembleuse évasée, en porcelaine dure,
fond gros bleu à décor d'ornements dorés
et médaillons de paysages peints en couleurs.

41 — Petit groupe de trois figures d'enfants entou-
rant une corbeille de fleurs en ancienne porcelaine de Saxe.

42 — Deux figurines d'amours assis tenant un
écusson, en ancienne porcelaine de Saxe.

43 — Statuette de jardinier en porcelaine de
Chelsea.

44 — Quatre figurines en porcelaine moderne de
Saxe, dont deux petits amours.

45 — Écuelle avec plateau de même porcelaine à
      imbrications carmin et médaillons de per-
      sonnages.

46 — Diverses tasses en porcelaine de Sèvres et de
      Saxe.

47 — Deux cafetières et deux sucriers en porcelaine
      de Saxe et d'Allemagne.

48 — Coupe ronde sur piédouche en porcelaine
      moderne, fond verdâtre et décor d'or.

49 à 52 — Vingt-sept couteaux à lames d'acier et de
      vermeil, avec manches en porcelaine des
      anciennes fabriques de Saxe et de Chantilly
      à décors variés. Ce lot sera divisé.

53 — Écuelle ronde avec plateau en ancienne por-
      celaine de Saxe, décor polychrome de style
      chinois à arbustes et tigres.

54 — Deux petits candélabres à deux lumières,
      modèle rocaille en bronze ciselé et doré avec
      branchages garnis de fleurettes de porcelaine
      et ornés de figurines de négrillons en vieux
      Saxe.

55 — Corbeille ovale en vieux Saxe à ornements
gaufrés à l'extérieur et décorée de fleurs à
l'intérieur.

56 — Quatre salières en ancienne porcelaine de
Frankenthal décorées de fleurs.

57 — Jardinière ovale et sur piédouche, à bords den-
telés, en faïence italienne à godrons saillants
et décor de fleurs.

PORCELAINES DE CHINE

58 — Deux lampes montées dans des vases en porcelaine de Chine fond vert d'eau avec bandes
craquelées et décor bleu à paysages animés
de figures et d'ornements. Elles sont montées en bronze.

59 — Cinq assiettes en ancienne porcelaine de l'Inde
à bords festonnés et décorés de fleurs.

60 — Plat rond de même porcelaine, décor poly-
chrome; au fond deux mains enlacées sur-
montées d'un cœur et d'une couronne.

61 — Grande cafetière et un bol en ancienne porcelaine de Chine, décorés de fleurs, d'oiseaux et de médaillons de personnages.

62 — Jardinière formée d'un bidet en vieux Chine à décor bleu sur pied formé d'enroulements en fer peint.

SCULPTURES

63 — Marbre blanc : statuette de Pâris tenant la pomme. xviiie siècle.

64 — Marbre blanc : buste de femme grandeur nature, par *Francia*, 1874.

BRONZES D'AMEUBLEMENT

65-68 — Garniture de cheminée de style Louis XVI, en bronze doré au mat. Elle se compose : 1º D'une pendule supportée par deux figures de femmes debout et surmontée d'une figurine d'Amour tirant de l'arc ; 2º de deux candélabres formés de vases avec frise, jeux d'amours en relief, et à six branches à rin-

ceaux porte-lumières ; 3º de deux flambeaux
en forme de carquois ; 4º de deux bras-appliques à trois lumières. Ce lot pourra être
divisé.

69 — Garniture de cheminée en bronze doré et
oxydé, composée d'une pendule ornée de mas-
ques scéniques et surmontée d'un petit buste
de femme et de deux candélabres à deux
lumières à rinceaux surmontés d'oiseaux.

70 — Petit lustre de style Louis XVI, à neuf lumières
en bronze doré et appliques.

71 — Lustre de style gothique en cuivre jaune, à
vingt-quatre lumières.

72 — Deux lampes montées dans des vases en bronze,
à panse ovoïde et à deux anses.

73 — Deux petits bras-appliques à deux branches
porte-lumières, tenues par des cariatides
d'enfants. Bronze doré de style Régence.

74 — Deux bras de même style que ceux qui précè-
dent, mais à quatre lumières.

CUIVRES ET OBJETS VARIÉS

75 — Plat rond vénitien, en cuivre gravé à entrelacs.

76 — Deux coupes rondes sur pied bas, en cuivre gravé à ornements. Travail oriental.

77 — Grand plat rond en cuivre jaune, décoré de figures et d'ornements en relief.

78 — Deux appliques formées chacune d'un plat octogone en cuivre jaune repoussé à bossages et garni de trois branches-appliques porte-lumières.

79 — Trépied en fer forgé et doré avec fleurs et feuillages peints en couleurs.

80 — Brûle-parfums oblong à quatre lobes sur pieds formés de têtes d'éléphants et à couvercle découpé à jour. Bronze chinois.

81 — Deux petits brûle-parfums en bronze, l'un d'eux de forme sphérique avec couvercle surmonté d'une chimère.

82 — Brûle-parfums oblong à quatre pieds, à deux
anses surélevées en S avec socle et couvercle
découpés à jour. Ancien bronze chinois.

83 — Deux vases cylindriques en bronze, à arbustes
et oiseaux en relief, rehaussés de dorure et à
anses à dragons. Travail chinois.

84 — Statuette de frileuse en bronze.

85 — Statuette de fauconnier oriental en bronze.

85 *bis*. — Un groupe. Bronze.

MEUBLES — TENTURES ET SIÈGES

86 — Lit Louis XVI, en bois sculpté doré en partie
et rechampi de brun garni d'étoffe de soie
brochée à fleurettes et feuillages sur fond
blanc, et accompagné d'un couvre-lit en étoffe
de soie rayée vert clair orné d'un tapis simulé
en étoffe brochée à fleurs et ornements en
couleurs sur fond blanc.

Il est accompagné d'un ciel de lit, de deux
grands rideaux et d'un fond de lit, partie en

étoffe de soie vert clair uni et de bandes
d'étoffe de soie de style Louis XVI, brochée
à arbustes, fleurs et attributs sur fond blanc.
Ces tentures sont garnies de belles franges
et de riches passementeries à glands.

*Le travail de tapisserie de ce lit, ainsi que
des meubles qui suivent, a été exécuté par la
maison Roudillon.*

87 — Deux garnitures de croisées semblables aux
rideaux du lit qui précède.

88 — Tenture de chambre, en étoffe de soie vert
clair rayée et à côtes, accompagnée de trois
portières de même étoffe.

89 — Tablette de cheminée de même étoffe et enri-
chie d'une bande de soie blanche brochée à
fleurs et rubans. Style Louis XVI.

90 — Meuble de salon du temps de Louis XVI, en
bois sculpté à fond brun et rehaussé de
dorure, couvert de soie ancienne à fond
blanc et fleurs de couleur brochées.

Il se compose d'un canapé, deux bergères
et six chaises.

91 — Petit paravent à trois feuilles, garni d'étoffe de
soie à fond blanc et brochée à fleurs blanches
et feuillages verts.

92 — Deux tables de nuit en forme de guéridon sur
pied en bois peint en brun et rehaussé d'or.
Elles sont garnies d'étoffe semblable à celle
du paravent qui précède.

93 — Meuble d'entre-deux de style Louis XVI, en
bois d'acajou et moulures de cuivre poli. Il
ferme à deux portes garnies de glaces; ses
côtés forment étagères avec tablettes et dessus de marbre blanc, et il est surmonté d'un
miroir ou psyché avec cadre en acajou sup-
porté par deux colonnettes cannelées.

94 — Petite toilette Louis XVI en marqueterie de
bois à damier.

95 — Deux meubles vitrines en bois noir incrusté
d'ivoire gravé à figures et ornements et fer-
mant chacun à une porte vitrée. Travail
italien.

96 — Deux torchères formées de négrillons en bois
sculpté peint et doré, reposant sur des socles
carrés à griffes de lion. Chacun des personnages supporte une corbeille ovale dorée.

97 — Deux colonnes torses en bois sculpté peint en
noir, à branches de vigne et chapiteaux
corinthiens dorés.

98 — Miroir carré biseauté avec cadre en bois sculpté
et doré, formant armoire garnie d'étoffe
ancienne.

99 — Grande table à manger de forme carrée, à
angles arrondis, de style Renaissance, en bois
sculpté, sur pieds et entrejambes à colonnes.

100 — Dressoir de même travail que la table qui
précède.

101 — Grand meuble ou buffet en bois sculpté, le
bas formant bahut avec porte à abattant
et montants à cariatides. Le haut a deux
portes vitrées et il est surmonté d'un fronton
découpé.

102 — Huche à pain en bois sculpté et à balustres sur
table de même travail.

103 — Table rectangulaire en marqueterie dite certo-
sine.

104 — Grand fauteuil couvert d'ancienne étoffe de
soie brochée à fleurs sur fond jaune. Il est
garni d'une frange haute, bleue, avec petites
houppes de nuances variées.

105 — Chaise large, couverte de peluche bleue et
d'étoffe semblable à celle du fauteuil qui
précède.

106 — Petite chaise fumeuse, capitonnée de soie
havane et ornée de bandes de tapisserie à
fond noir.

107 -- Fumeuse à dossier renversé, couverte d'étoffe
ancienne à fleurs de couleurs sur fond cha-
toyant.

108 — Deux divans couverts en velours havane avec
passementerie bleu et or.

109 — Deux tabourets en bois sculpté et doré couverts
de broderies persanes.

110 — Six chaises Louis XV en bois laqué blanc et
couvertes d'étoffe ancienne.

111 — Quatre chaises portugaises à dossiers élevés, en bois sculpté, et garnies de cuir gaufré avec clous en cuivre jaune.

112 — Quatre chaises de même travail mais à dossiers bas carrés.

TAPISSERIES ET ÉTOFFES

113 — Tenture en tapisserie composée de quatre panneaux représentant des vues de parcs avec châteaux et oiseaux. Chacun des panneaux est encadré d'ornements et de corbeilles de fleurs.

114 — Cinq portières formées de tapisseries verdures. Elles sont encadrées de fleurs et d'ornements sur trois de leurs côtés.

115 — Belle tenture de soie, brochée à groupes de fleurs et rubans verts sur fond havane. Elle se compose de quatre grands et quatre petits panneaux. XVIIIe siècle.

116-117 — Lot de dentelles anciennes de diverses fabriques.

118 — Vingt mètres de dentelle de Bruges de 5o centimètres de hauteur.

119 — Deux garnitures de fenêtres, grands et petits rideaux en tulle noir brodé, fleurs des champs.

PASTELS

120 — Pastel ovale : Portrait de femme en costume Louis XV, rose. Elle tient une corbeille de fleurs. Cadre en bois sculpté et doré.

121 — Pastel ovale : Portrait de femme vêtue de blanc et d'un châle bleu. Cadre en bois doré.

122 — Pastel ovale : Jeune femme en costume Louis XVI tenant un livre.